James Foley

Max Maulwurf UNDERCOVER

Die Astronauten-Attacke

KARIBU

Für Emmeline
und Arthur - JF

KARIBU - Ein Verlag der Edel Verlagsgruppe

FSC
www.fsc.org
MIX
Papier | Fördert
gute Waldnutzung
FSC® C083411

1. Auflage 2024
2024 Edel Verlagsgruppe GmbH, Kaiserstraße 14 a,
80801 München

Die englischsprachige Originalausgabe erschien
2023 in Australien unter dem Titel
„Secret Agent Mole - Book 2: The Boar Identity"
bei Scholastic AU P/L.
Diese übersetzte Ausgabe wurde in Absprache mit
Scholastic Australia Pty Limited veröffentlicht.

Übersetzung: Matthias Wieland
Umschlaggestaltung & Satz: Marie Mick, Köln
Druck: CPI books GmbH, Leck
ISBN: 978-3-96129-442-8
Printed in Germany
www.karibubuecher.de

James Foley

Max Maulwurf UNDERCOVER

Aus dem Englischen von
Matthias Wieland

Die Astronauten-Attacke

KARIBU

BISHER BEI
MAX MAULWURF UNDERCOVER

Helena Hippo.

Maria Käfer.

... und Maulwurf, Max Maulwurf.

Sie sind die besten Auszubildenden der Agentur. Kein Auftrag ist zu gefährlich (oder zu absurd).

Im letzten Band haben sie zwei fiese Fische besiegt: den gierigen Goldfischfinger und den teuflischen Toxin ...

... aber die Prüfungskommission der Agentur war nicht überzeugt.

Unser heldenhaftes Trio muss den Bösewicht schnappen, der ihnen bislang entkommen ist ...

den dämonischen Dr. Nacktmull!

KAPITEL EINS:
GAR NICHT SCHNUPPE

SPÄTNACHTS.
HAUS VON COLONEL NEIL SCHWEINSTRONG,
LEITER DER ABTEILUNG FÜR METEORITENFORSCHUNG,
SPEZIALABTEILUNG FÜR **T**HEORETISCHE
ALLFORSCHUNG UND **R**AUMFAHRZEUGE (S.T.A.R.)

KNURPS!
Ist da wer?
MAMPF!
MAMPF!
KNURPS!
Hmm.
MAMPF!
KNURPS!
MAMPF!
MAMPF!
KNURPS!
SCHLÜRF!

Was zum
Henker …?

Colonel.
KNURPS!
SCHLÜRF!
Es ist mir eine Ehre.
HAPS
MAMPF
Sie sind’n internationaler Held.

Und Sie ein kriminelles Technik-Genie, das dringend Unterwäsche braucht.
Warum futtern Sie meine Vorräte, **Nackig**?
Bitte, Colonel, wenn, dann **Dr. Nackig.**
Mir war etwas flau im Magen, also ...
Nein,
ich meine: Was machen Sie in meinem Haus?
Ich bitte Sie, kein Grund, grob zu werden, mein Allerbester.

Mich stört eher Ihr **Allerwertester**.
Vorsicht, Colonel. Ihre Hinterfotzigkeiten können Sie sich sparen.
Ich wollte nur über etwas mit Ihnen reden ...
... einen gewissen **Meteoriten**.

Woher wissen Sie davon?
Wir haben noch nichts bekannt gegeben ...
Oh, ich weiß so einiges.
Ich weiß, wozu der Meteorit fähig ist. Ich weiß, dass ich ihn für meinen Plan brauche. Und ich weiß, dass Sie ihn mir besorgen können.
Ich soll Ihnen den Meteoriten liefern? **Vergessen Sie's.**
Oh Colonel. Ich überlasse nichts dem Zufall.
BIEP

SURR!
KLUNK!
KLANK!

Nicht den Schläger!
KRACKS
Babe Ruth hat ihn signiert!
SCHNAPP!
Ich wusste, dass Sie mir freiwillig nicht helfen. Aber ...

... ich weiß, wie ich Sie dazu bringen kann.
Moment, wo haben Sie **das** denn jetzt hergeholt?
TA-DAA!
Was machen Sie da? Aufhören!
Das ist unangenehm.
BZZZ

Halt ... werde ... müde ...
Sie werden mir morgen diesen Meteoriten bringen, Colonel ... ob Sie wollen oder nicht.
Harharharhar!

KAPITEL ZWEI:
STEINSTURZ

Vor drei Tagen ist ein Meteorit in die Erdatmosphäre eingedrungen.

Meteoriten sind kein seltenes Phänomen, Hunderte, wenn nicht Tausende treffen die Erde jedes Jahr.

Aber dies war kein gewöhnlicher Meteorit.

Kurz bevor er auf dem Boden aufschlug ...
hielt er einfach an. Der Meteorit verfügte offenbar über *Anti-Schwerkraft-Kräfte*.

Führende Wissenschaftler der Spezialabteilung für Theoretische Allforschung und Raumfahrzeuge (S.T.A.R.) ...

... brachten den Meteoriten in ihre am strengsten gesicherte Forschungeinrichtung: die Kammer.

Das Forschungsteam hat rund um die Uhr Tests durchgeführt, angeführt von Colonel Neil Schweinstrong und dem Leiter von S.T.A.R., Buzz Baldrin.

Die Neil Schweinstrong und Buzz Baldrin?
Die ersten Tiere auf dem Mond, die beiden weltberühmten Helden Neil Schweinstrong und Buzz Baldrin?
HAUPTQUARTIER DER AGENTUR
ORT: GEHEIM
Korrekt.
Die Neil Schweinstrong und Buzz Baldrin.
KEUCH!
W
CHEKHOV, AUSRÜSTUNG
W, LEITUNG DER AGENTUR

Das sind meine Idole seit ich ein winziger Maulwurf war.
Wenn ich kein Geheimagent wäre ...
Wir sind keine Geheimagenten, Max. Sondern immer noch Auszubildende.

Okay, okay, wenn ich kein Geheimagent-Azubi wäre, wäre ich ganz sicher Astronaut geworden.
Schaut, hier drin habe ich damals alles gesammelt.

CREW DER POLLO 11

Im Uhrzeigersinn von oben links: Commander Neil Schweinstrong, Buzz Baldrin, Gluck Norris, Lady Gacker, Chris Hennsworth, Hahn Solo, Paul McCartnei, Henne Weisweier, Leo Tolstei

Alles über Neil Schweinstrong

MEINE HELLDEN

Erster Astronaut auf dem Mond

Leiter der Meteoritenforschung bei S.T.A.R.

Ehemaliger Testpilot
Doktor der Astrogeologie
Olympischer Turner
Rechtshänder

1 MAL FLIEG ICH AUCH ZUM MOND

Mag: Wissenschaft, Weltraum, Meteoriten, Schlammbäder
Mag nicht: Pfeifen, Speck

Alles über Buzz Baldrin

Zweiter Astronaut auf dem Mond

Leiter von S.T.A.R.

Größe: nicht viel
Gewicht: sehr gering
Linkshänder

MOND

ICH

Mag: Streifen, Blumen, Honig, Sechsecke
Mag nicht: Hummeln im Hintern

ERSTE ASTRONAUTEN AUF DEM MOND LANDEN SPITZENJOBS BEI S.T.A.R.

Bob Woodlaus, Wissenschaftskorrespondent

Neil Schweinstrong und Buzz Baldrin, zwei der berühmtesten Tiere der Welt, haben hoch dotierte Stellungen in der Spezialabteilung für theoretische Allforschung und Raumfahrzeuge (S.T.A.R.) übernommen.

WOW!

Schweinstrong wird der neue Leiter der Meteoritenforschung, während Baldrin die Gesamtleitung von S.T.A.R. übertragen wird.

Baldrin bezeichnete es als eine Ehre, der neue Chef zu sein. „Das ist wie ein Traum, der wahr wird. Was unsere Kenntnisse über das All angeht, leben wir noch hinter dem Mond."

Schweinstrong ist begierig darauf, die Stelle anzutreten. „Es gibt so vieles, das wir noch nicht wissen", sagte er. „Meteoriten könnten uns Dinge verraten, die wir nie für möglich gehalten haben."

FOTO: Neil Schweinstrong und Buzz Baldrin auf dem Mond während der historischen Pollo-11-Mission

Ich war *wirklich* süß, oder? Eigentlich wie heute.
Moment – schleppst du dieses Buch immer mit dir rum?

Natürlich! – Man weiß nie, wann man etwas Inspiration braucht!
Astronauten sind schlau, tapfer und bleiben immer ruhig – wie Geheimagenten.
Astronauten sind die Besten der Besten!

Ooh, wenn wir doch nur auch irgendwann in den Weltraum reisen würden!
Stellt euch vor, wir in einer Rakete ...
SEUFZ!
Komm nicht auf dumme Gedanken. Das wird heute auf keinen Fall passieren.
Lasst Chekhov weiterreden.
W

Danke, Sir.
Der Meteorit befindet sich an einem der sichersten Orte auf der ganzen Welt. Niemals könnte irgendein Schurke dort eindringen – ABER ...

Unsere Quellen sagen, dass Dr. Nackig dennoch versuchen wird, den Meteoriten zu stehlen.
Woher haben wir diese Info? Vielleicht ein Doppelagent?
Nein.
Abgehörte Telefongespräche? Satellitenüberwachung? Irgendein Geheimcode?
Nein, Dr. Nackig hat uns diesen Brief geschrieben. Er hat eine erstaunlich schöne Handschrift.

Vom Schreibtisch von Dr. Nackig
Geheimes Schurkenversteck
Irgendwo Geheimes.
Irgendwo Extra-mega-super-Geheimes.
Das findet ihr niemals.
Nie, nie, nie, nie, nie.
NIEMALS.

Liebe Die Agentur ,

habt ihr schon von S.T.A.R.s schickem neuen Meteoriten gehört?

Den werde ich stehlen.

Ihr könnt mich nicht aufhalten, also versucht's gar nicht erst.

Aber solltet Ihr DOCH dumm genug sein, es zu versuchen, solltet Ihr Eure BESTEN Agenten schicken. Nicht diese Auszubildenden vom letzten Mal. Die waren schrecklich. Eine Beleidigung für einen großen Schurken wie mich.

Na gut, bleiben wir fair: Das Nilpferd ist stark, tapfer und härter im Nehmen als ein Panzer.

Und der Käfer kann Computer hacken, Bomben entschärfen und allgemein echt gut mit Elektronik umgehen.

Aber der Maulwurf ... ganz im Ernst. Der hat nicht das Zeug dazu.

Jedenfalls: Beim Tresor findet HEUTE eine Pressekonferenz statt. Die Leute von S.T.A.R. werden ihren Meteoriten der Welt präsentieren. Dann werde ich ihn mir schnappen. Kommt mir JA nicht in die Quere. Als wenn ihr das könntet. Ha!

Oh, und ich hab mich den Leuten bei S.T.A.R. schon angekündigt. Ist ja nur höflich.

Mit nackigen Grüßen

Doktor Nackig

Doktor Nackig

„Nicht das Zeug dazu“? Ich? Der Kerl ist nicht bloß nackt, sondern auch unverschämt!
Du hast so recht, Maria.
Dr. Nackig ist bloß neidisch, weil er ein *Nacktmull* ist und deshalb ständig ohne Klamotten rumlaufen muss ...
... wohingegen ich ein **Maulwurf** bin und in diesem flotten Aufzug rumlaufen kann.

Chekhov, was passiert, wenn Dr. Nackig den Meteoriten in die Hand bekommt?
Schwer zu sagen. Die Anti-Gravitations-Kräfte des Meteoriten sind unbegrenzt.
Dr. Nackig könnte sie verwenden, um die Erde entzweizubrechen …
KEUCH!
… oder die Erde aus dem Sonnensystem zu kegeln.
DOPPEL KEUCH!

Er könnte sogar die Schwerkraft der Erde umpolen, sodass wir alle ins All sausen.
KEUCH HOCH DREI!
Die Möglichkeiten sind undenkbar.

Also haben wir keine andere Wahl ... Wir müssen Dr. Nackig stoppen, bevor er den Meteoriten bekommt!
So ist’s richtig! Also hört gut zu, das ist der Plan.
W

Die Pressekonferenz beim Tresor ist in exakt zwei Stunden. Dann wird Dr. Nackig zuschlagen.
Max und Helena, ihr werdet dort sein, verkleidet als FBI-Agenten, die Neil und Buzz bewachen sollen.
Sie meinen ... Ich darf die Helden meiner Kindheit treffen?
Das ist der schönste Tag meines Lebens!
Besser als mein siebter Geburtstag, als Oma mich zum großen Regenwurm-Büfett mitgenommen hat!!

Max – ich weiß, dass du Neil und Buzz verehrst. Aber ein Geheimagent darf sich nicht von seinen Gefühlen blenden lassen. Bleib professionell.
Und vertraue niemandem ... außer deinen Kameraden natürlich.

Verstanden, W ...
... wär es trotzdem okay, wenn ich mir von den beiden Autogramme hole?
?
SEUFZ!
W

KAPITEL DREI:
PFEILE UND PISTOLEN

Die Pfeile sind nicht giftig, Max. Sie betäuben die Leute nur.
Jeder ist mächtig genug, um einen Elefantenbullen schlafen zu legen.
Kapiert.
PWING!
Du hast nur zwei Pfeile, also ...
FLUPP!

W
BONK
Du hast nur EINEN Pfeil, also nutze ihn weise.
Verstanden.

Ich habe auch euer Auto neu zusammengesetzt, nach der kleinen Panne beim letzten Mal.
WOSCH

Jetzt hat es auch einen Flugmodus.
Unglaublich!
BRM·082

Hast nie besser ausgesehen, Maulwurfmobil.
TÄTSCHEL!
Das … ist *nicht* sein Name.
Ach ja, und eure Verkleidungs-Packs sind hintendrin.
Erwähnte ich schon, dass du mit deiner Uhr den Autopiloten steuern kannst?
Erstaunlich.

Gut, ich denke, das war alles. Euer Auftrag: den Meteoriten beschützen, Dr. Nackig aufhalten, die Welt retten.
Wir zählen alle auf euch.
Wir lassen euch nicht im Stich.

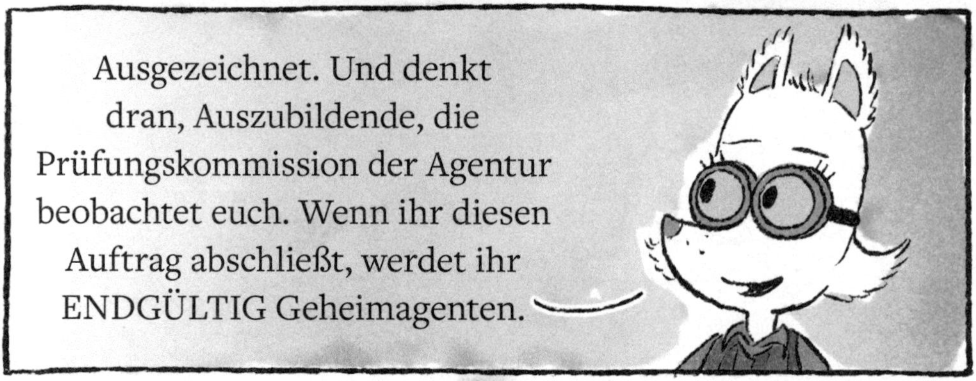
Ausgezeichnet. Und denkt dran, Auszubildende, die Prüfungskommission der Agentur beobachtet euch. Wenn ihr diesen Auftrag abschließt, werdet ihr ENDGÜLTIG Geheimagenten.

Sag ihnen, sie sollen unsere Ausweise schon mal bereithalten. Bis zum Abendessen sind wir zurück.
Ergh ... ich hatte gerade einen äußerst lebhaften Traum. Die Agentur hatte einen neuen Namen.
Der beste, den ich je gehört habe.
Sind Sie sicher, Sir? Immer wenn Sie sich einen neuen Namen für „Die Agentur“ ausdenken, klingt er irgendwie komisch.

Diesmal ist es anders.
Hört zu:
das **B**üro für
allerlei
nicht
ausschließlich
nette
Einsätze.
Fantastisch.
Sir ... das heißt abgekürzt **„BANANE“.**

Oh.
Stimmt wohl.
Chekhov, wie *stark* war der Betäubungspfeil?
ZUPF
Also schön, Agenten der **BANANE ...**

… jetzt wird's
FRUCHTIG!
BRM·082
SAAAUUUUUUUUUUUS!

KAPITEL VIER:
NACKTES ENTSETZEN
FORSCHUNGSSTATION „DER TRESOR“, SPEZIALABTEILUNG FÜR THEORETISCHE ALLFORSCHUNG UND RAUMFAHRZEUGE (S.T.A.R.) COLORADO, USA
Dieser Mantel müffelt.
Das muss sein … alles Teil deiner Verkleidung …

... als
Stinktier.
Ach, und du hast natürlich das gestankfreie Fuchs-Kostüm gekriegt?
Nicht meine Schuld. Das waren die einzigen Kostüme in unseren Größen.
Käfer versteckt sich am besten bei mir ...
... in deinem Mantel würde sie womöglich in Ohnmacht fallen.

Ja, Helena wirkt heute leicht faul. Der war gut, Käfer.
Hmpf.

Richtig ... ein Duft von feuchtem Katzenfutter, aber auch ein Hauch Schimmelkäse, der zu lange in der Sonne lag.
Okay, okay ...

Mich erinnert es vor allem an eine Müllhalde voller fauler Eier.
Oder stell dir vor, dass sich zwei Fürze verlieben und ein Furzbaby haben. Dein Mantel riecht wie die Windeln des Furzbabys.
WOOOOSCH!
Es reicht, hab's kapiert.
Konzentrieren wir uns auf die Aufgabe.
Richtig.
Nun müssen Chekhovs Kostüme zeigen, was sie können.

Ich bin Spezialagent Fox Müller, das ist Spezialagentin Dana Stinky. Wir kommen vom FBI.
Wir möchten Colonel Schweinstrong und Direktor Baldrin sprechen.
FBI
FBI

Agenten. Wir erwarten euch bereits.

Buzz Baldrin!!
Ganz recht!
Willkommen im Tresor.
Schön, Sie zu sehen, Sir. Wir freuen uns, hier zu sein.
Und wiiiieee!
Nun, wir freuen uns auch, dass Sie hier sind. Wollen Sie Ihre Mäntel abgeben?

Ich behalt meinen an.
Bitte, nehmt meinen und verbrennt ihn.
URK!

PLOFF!

Andererseits behältst du den Mantel vielleicht doch lieber an, Stinky.
Nenn mich nicht Stinky.

Wie gesagt, wir freuen uns, dass sie beide hier sind … aber ich glaube nicht, dass wir Ihre Dienste benötigen.
Der Tresor ist einer der sichersten Orte auf der ganzen Welt.
Er wurde komplett in den Berg hineingebaut. Das sind 600 Meter festes Gestein über unseren Köpfen.

Die Sprengtür wiegt 25 Tonnen.
Nicht mal eine Atomrakete kriegt die klein.
BAMM!

Dr. Nackig käme hier wohl nur verkleidet herein ...
Hahaha, lustige Vorstellung, dass sich hier jemand verkleidet, abgefahren, haha.
... oder wenn jemand hier heimlich für ihn arbeitet.
Aber das ist höchst unwahrscheinlich.

Unsere Mitarbeiter sind die besten der besten.
Sie sind nicht nur die klügsten, sondern auch die vertrauenswürdigsten Leute.
Ich hoffe, Sie haben recht.
LABORE, SILO, KONFERENZ-ZIMMER
Mr. Baldrin, meinen Sie, wir könnten hier mal eine Rakete sehen?

Raketen hatten wir hier früher mal. Die haben wir durch eine geheime Öffnung im Berg abgeschossen.
Aber heutzutage starten all unsere Raketen in einer anderen Basis in der Nähe.

Tut mir leid, Agent, das wird heute wohl nichts werden.
Wenn Sie mir nun in den Backstagebereich folgen würden ...
LABORE, SILO, KONFERENZ-ZIMMER

S.T.A.R.
BACK
AGE
KEUCH!
DumeineGüte, dumeineGüte, dumeineGüte!
Das ...
das ... das ...

NEEEEEEEEEEEEEEEEEEEEEEILLLLL!!!!
Ja, das ist er. Ich stell Sie nach den Ansprachen vor. Muss jetzt los.
Kein Problem, Sir. Wir halten die Augen nach Dr. Nackig offen.
Vielen Dank, Agenten.

Meinst du, Neil und Buzz unterschreiben in mein Album?
PSST! Und tu das weg.

Hast du schon vergessen, was W gesagt hat?
„Lasst euch nicht von euren Gefühlen ablenken, vertraut niemandem.“ Buzz könnte genausogut für Dr. Nackig arbeiten.
Buzz? Niemals.
Und bevor du was sagst: Neil definitiv auch nicht.
Wenn einer von beiden böse ist, ess ich meinen Schuh.

Werte Gäste, liebe Pressevertreter ...
BUZZ BALDRIN
DIREKTOR, S.T.A.R.

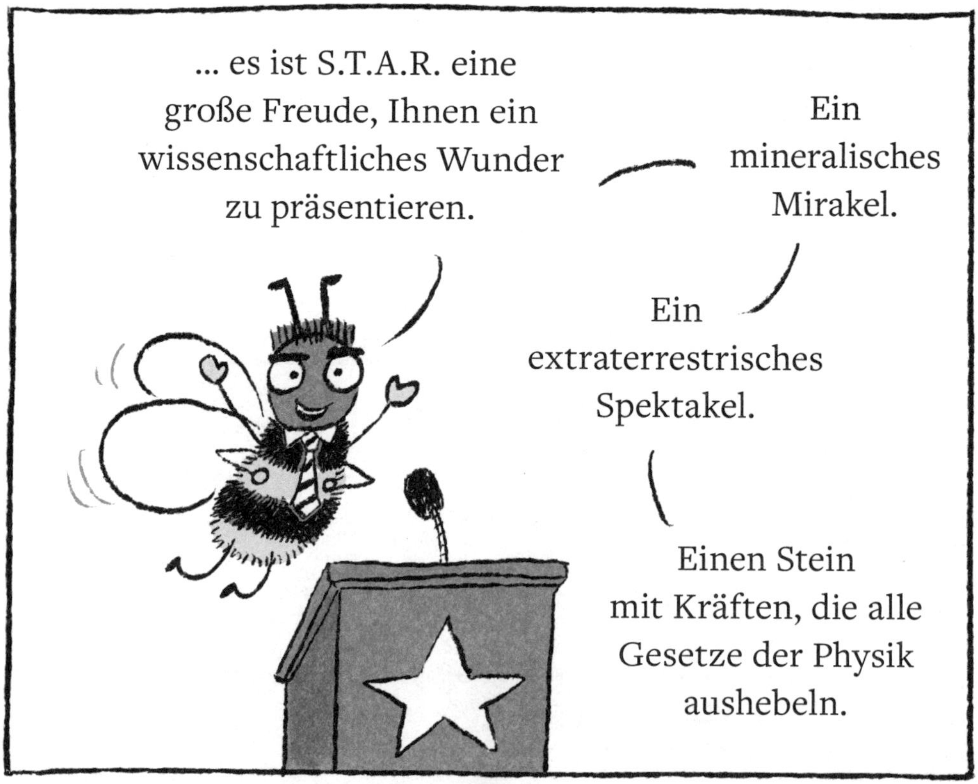
... es ist S.T.A.R. eine große Freude, Ihnen ein wissenschaftliches Wunder zu präsentieren.
Ein mineralisches Mirakel.
Ein extraterrestrisches Spektakel.
Einen Stein mit Kräften, die alle Gesetze der Physik aushebeln.

Und um euch mehr zu erzählen, hier ist der Leiter unserer Meteoritenforschung …
… und der verdammt beste Missionsleiter, den sich ein Astronaut wünschen kann …
… mein und Ihr Freund, Colonel Neil Schweinstrong.
KLATSCH
KLATSCH KLATSCH
KLATSCH
KLATSCH KLATSCH
KLATSCH KLATSCH
KLATSCH

Jaa, Neil!
KLATSCH
KLATSCH
KLATSCH
KLATSCH KLATSCH KLATSCH KLATSCH
NEIL
SCHWEINSTRONG
LEITER DER ABTEILUNG
FÜR METEORITENFORSCHUNG
ÄHEM

SCHWUPP
KEUCH! SCHOCK! STAUN!
ZISCH
BRITZEL!
SCHZZZCH!

Seid gegrüßt, alle miteinander!
Ich bin's … jedermanns Lieblings-Superschurke, Dr. Nackig.
¡EK!
KEUCH!
AiiEE!

Ich glaube, ihr habt einen neuen Meteoriten. Sieht chic aus.
Ich nehm ihn.
Sie können's versuchen, Doktor, aber der Tresor ist unüberwindbar. Sie kommen nicht rein.
Oh, ich muss auch nicht rein.
Nicht, wenn der Meteorit zu mir rauskommt.

Ich hab jemanden dadrinnen, der ihn mir frei Haus liefern wird.
Ich sagte ja, sie sind es nicht. Heut steht bei mir kein Schuh auf dem Speiseplan.

Nun? Worauf wartest du noch?
Starte die Operation „Durchwachsener Speck“!
Neil.
Neil?
Alles in Ordnung, Kumpel?
Neil, was ...
... was machst du da?
TRET

FLITZ!
KEUCH!
SCHOCK!
¡EK!
URK!

Jetzt, Colonel …
… bringen Sie mir den Meteoriten.
BOK! BOK! BOK!
Neil, nicht!
SCHNAPP!

Halt, Colonel!
Wir wollen das nicht ...

WUMM!
Neil ist böse?!
Aber das heißt ...
MAMPF!

Komm schon, Max, deinen Schuh kannst du später futtern.
WÜRG!

BOING! BOING! BOING!
Na los!

KAPITEL FÜNF:
SCHWEIN GEHABT

Neil,
stopp!
BIEP...
REIN-
RAUM
KEINE
BIOGEFAHREN
ERLAUBT

KEINE BIOGEFAHR ERKANNT
BIEP...
REIN-RAUM
KEINE BIOGEFAHREN ERLAUBT
Was zum?
BIOGEFAHR ERKANNT. ZUTRITT VERWEIGERT.
RUMS!

DEKONTAMINIERUNG
EINGELEITET
Ugh, vermutlich wegen meines duften Mantels.
PSSSSCH
DEKONTAMINIERUNG
IM GANGE.
NOCH 3 MIN.
Grrr, er entkommt!

Wir haben **keine ZEIT** für so was!
BUMM!
Hmmpf.
KNIRSCH!
GRR!

KLIRR!
Gute Beinarbeit ist alles!

WEITER VORAUS ...
Unser neuer Mars-Rover.
Sieben Jahre Arbeit, Hunderttausende Stunden, anderthalb Millionen Steuergelder.
Jetzt noch die Räder ölen und ab geht's!

Vorsicht!
ÖL
HÜPF!
SCHWUPP!
ÖL

SCHNAPP!
ÖL
Oh nein.

Pardon!

SILO
SILO
BLORB!
ÖL
SCHWUPP!
ÖL

SILO
BIEP!
NOT-
VERRIEGELUNG
ÖL
SURRR!
SILO
NOT-
VERRIEGELUNG
BONK!
ÖL

Du entkommst uns nicht!
Ha! Hab dich!

Nein! Er ist zu glitschig!!
FLUTSCH!
Holla!
RUTSCH!
PLOP
SQUIIEK!
SURRR!
SQUIIEK!
SILO

SILO
BUMM!

PLONFF!

Verdammt, er hat die Sprengtür verschlossen!
Käfer, du musst sie öffnen! SCHNELL!
Alles in Ordnung, Helena?
Alles okay. Hätte allerdings vorhin deine Hilfe brauchen können.
Sorry!

Wo ist Neil hin?
Weißt du noch, wie Buzz meinte, sie hätten hier Raketen gestartet?
Tipp Tipp Tipp Tipp Tipp
Tja, Neil ist im alten Raketensilo.
Offenbar eingesperrt.

Das glaub ich nicht.
Er kennt sich aus im Tresor. Also wollte er da rein.
Was hat er vor?
Was ist das?
SCHNAPP!

KLICK!
BZZZZ
BZZZZZZ
ANTI-
GRAVITATION
AN
ANTI-
GRAVITATION
AN

ZACK!
Er betreibt mit dem Meteoriten seinen Jetpack?
Oh nein. Ich rufe das Maulwurfmobil ...
Tipp Tipp Tipp
SILO

DACH
SCHLIESSEN
ÖFFNEN
BIEP
SURRR!

Wir müssen da rein!
Käfer, wie lange brauchst du noch für die Tür?
Tipp Tipp Tipp Tip
SPROING!
SPRANG!
WUUP! WUUP!
WUUP! WUUP!

WOOSCH!

SUMM!
Grrr,
er ist weg!
Aber nicht
lang.
SAUUS!
BRM·082
Spring rein!

KAPITEL SECHS:
WENN SCHWEINE FLIEGEN KÖNNEN

Da, er fliegt auf
diesen Fesselballon zu!

IM BALLON ...
WOSCH
KLICK

UNTERDESSEN ...
Ich hoffe, Ihnen gefällt der Ausflug bis hierher ...

Da unten sehen Sie eine Rakete, die startbereit im neuen **S.T.A.R.-Stützpunkt** wartet.
Ooh! Aaah!

Und wenn Sie nach rechts schauen, sehen Sie den Lake Hayward.
Ein herrlicher Anblick, das ganze Jahr über.
Ooh! Aaah!

Und wenn Sie nach vorne schauen, sehen Sie ein fliegendes, nacktes Schwein.
Ooh! Aaah! ARGH!!
PFACK!

WOOSCH!
BIEP BIEP
ERFASST

PIU! PIU! PIU!
SWOPP!
PIU! PIU! PIU! PIU! PIU!
WHOOOOSCH!
WHOOSCH!

KRACKS!

Wie hat er das gemacht?
Er ist ein voll ausgebildeter Astronaut. Das sind die besten der besten!

Colonel Neil Schweinstrong?
Ähm, hi. Ich bin ein Fan.
AUTO
AUTO
Äh, Mr. Schweinstrong, Sir?
Wir bräuchten den Meteoriten zurück.

Ähm ... würden Sie bitte den Meteoriten zurückgeben ...?
Bitte?
WHOOSCH!

Er hört nicht, Max.
Du musst ihn abknallen.
Aber das kann ich nicht! Er ist mein Held!

Er ist kein Held mehr.
Er arbeitet für Dr. Nackig.
Das glaub ich nicht. Bestimmt wurde er hypnotisiert. Oder gehirngewaschen!
BRM·082

Und wenn ich ihn abknalle, könnte er runterstürzen und sterben!
Er hat gerade einen Kampfjet mit Karate vom Himmel geholt. Dem passiert nichts.
Glaub mir.
Du hast recht.

Ich kann es nicht!
seufz
Dann mach ich es.

Fertig ...
zielen ...
Feuer!
PIU!

SCHNAPP!
BIEP BIEP BIEP
WHOOSCH!
BIEP!
BIEP!
BIEP!
BIIIIEP!

AUSWEICH!

BRM·082
BUMM!
SCHWUPP!

Puh, das war knapp.
BRM·082
KRACH!

KAPITEL SIEBEN:
SCHWEIN GEGEN MAULWURF

Es ist superstark, splitterfasernackt und fliegt.
Alles an diesem Schwein ist seltsam.
Ungewöhnliche Messwerte? Aha. Ihr beiden bleibt hier. Ich seh mir das mal an.

Nein, ich gehe.
Lass mich mit ihm reden.
Max, sei vorsichtig!
Colonel Schweinstrong …
das sind nicht Sie.
Das ist nicht der Held,
zu dem ich aufgeschaut habe.

Warum tun Sie das?
Warum helfen Sie Dr. Nackig?
War es Erpressung? Oder Gehirnwäsche?
Was es auch ist, wir können Ihnen …
PUUUUUT!
… Moment, was ist das für ein Geräusch?
PUUUUUT!

F ... Furzen Sie etwa gerade?
PUUUUUT!
Ich glaub's nicht.
Das ist der Wind? Ganz sicher?

Käfer hat recht.
Wenn man bei ’ner leeren Flasche über den Hals bläst, tutet er.
Der Wind macht grad das Gleiche ... mit Neils Hintern.
PUUUUUT!
PUUUUUUT!
Der Wind geht ihm offenbar am A... vorbei!
PUUUT

Aber egal ...
... auf jeden Fall dürfen Sie Dr. Nackig nicht den Meteoriten geben.
Er wird damit schreckliche Sachen machen und die ganze Welt in Gefahr bringen.

Ich weiß, Sie sind da irgendwo drin, Colonel.
Sie sind der Beste der Besten.
Sie sind mein Held.
Bitte, ich wäre am Boden zerstört.
PUUUUUT!

SCHLUCK!
Das war etwas unglücklich formuliert, nicht?
¡iP!

Nein!
Ach Dreck!

KAPITEL ACHT:
IM FALLE DES FALLS

BIEP
BIEP
TUUT TUUT TUUT TUUT TUUT
AUTOPILOT
RETTUNG
HOLLA!
WUUUUSCHH!
BRM · 082

WUUUUUUSCHH!

UFF!
Du musst es immer überstürzen, oder?
Ha.
WIMMER!

Dann steht es jetzt fest. Neil ist der Schlimmste der Schlimmen.
Es ist nicht seine Schuld. Dr. Nackig zwingt ihn irgendwie dazu.
Er hat ihm eindeutig ’ne Gehirnwäsche verpasst.
Was meinst du, Käfer?

Käfer??

WOANDERS ...
PÖTT PÖTT PÖTT
ANTI-GRAVITATION AUS

KA-TSCHUNG!
KA-TSCHING!
KRACKS!

Käfer?
Bitte kommen, Käfer.
Wo steckst du?
Er kommt runter?
Wo?

Halt, ich seh ihn. Nichts wie hin.
Schaffen wir das noch?
Wir müssen.
WOOSCH!
BRM·082

UNTERDESSEN ...

Wir schaffen es.
Ich weiß nicht, Max. Er fällt ziemlich schnell …

Neil!
Neiiiin!!
KRACH!

KAPITEL NEUN:
DAS SCHWEIN IST GELANDET

Max, warte!
KLONK!
Es ist gefährlich, da einfach so reinzustürmen!
KEUCH!

Hier ist er reingeknallt ...
... aber keine Spur einer Landung. Oder vom Jetpack, vom Meteoriten ... oder Neil.

Natürlich. Weißt du noch, was Chekhov uns über den Meteoriten erzählt hat?
Als er auf die Erde gekommen ist, hat er kurz vor dem Einschlag haltgemacht.
Das Gleiche muss er hier gemacht haben.
Der Meteorit hat Neil *gerettet*?
Jepp. Zum Glück.
Aber das bedeutet …

Hey!
JUDO-
HIEB!
Komm her,
du kleiner ...
SCHWUPP!
TAUCH!
UFF!
BONK!
K.O.!

zZZ
ZZZ

KAPITEL ZEHN:
NUR NICHT ABHEBEN

Wa... was ist passiert?
Neil ist passiert.
Kopfstöße kann er wie ein Rhinozeros. Und ich muss das wissen.
Wo sind wir?
Oh. Oh nein.

Als ich sagte, ich würde heut gern eine Rakete aus der Nähe sehen, meinte ich NICHT so!

Ugh ... der Maulwurf und das Nilpferd. Grrrr.

Ich hab der Agentur ausdrücklich
mitgeteilt, dass sie NICHT
wieder die Auszubildenden vom
letzten Mal schicken sollen.

Und was machen sie?
Schicken euch
ERNEUT.

Haben die es drauf angelegt,
zu **VERLIEREN**?

Wie solltet
ihr *mich* besiegen?
DEN Dr. Nackig?

Vor allem, wenn
ich **DEN** Neil
Schweinstrong an
meiner Seite habe!

Neil ist ein Held. Warum hilft er dir? Was hast du mit ihm gemacht?
Oh, ich sehe, wie enttäuscht du bist, Maulwurf.
Ich hab Neil bloß ausgewählt, weil er mir den Meteoriten beschaffen kann.
Ich hatte keine Ahnung, dass du ein Fan ist, bis wir dein Buch gefunden haben.
Mein Sammelalbum!

Hiihii, das
ist *zuuu* köstlich:

*Der Maulwurf wird
von seinem Jugendidol
ausgeschaltet.*

Ich sag ja: Man sollte
seine Helden besser
niemals treffen.

In weniger als drei Minuten,
wenn diese unbemannte
Rakete abhebt.

Ich hab die Systeme des
Stützpunkts gehackt.
Die Belegschaft ist geflohen.
Keiner kann
euch mehr retten.

Schon bald könnt ihr
die Erde aus der Umlaufbahn
betrachten.

Allerdings ist es da oben
ziemlich kalt, und Luft gibt
es auch keine, also werdet
ihr wahrscheinlich ein klein
wenig **TOT** sein.

Harharharhar!

Ach, und zu dumm, dass ihr nicht erleben werdet, was ich mit dem Meteoriten vorhabe.
Damit werde ich eine Weltvernichtungsmaschine antreiben, die allen gehörig Muffensausen machen wird.
Wie dem auch sei, ich muss los.
Neil, sorg dafür, dass unsere Weltraumspaziergänger nicht entkommen.
Nach dem Start bringst du mir den Meteoriten. Du weißt, wohin.

Tschüssikowski!
ZUUP!
2 MINUTEN BIS ZUM START
Ich hoffe, du hast eine Flucht geplant, Max.
Na klar. Dr. Nackig hat eins vergessen ...

Da ist SEHR WOHL noch jemand, der uns retten kann!
Sei nicht albern, Käfer, du kommst gerade rechtzeitig.
SCHNIPP!
SPRUING!
SPROING!

90 SEKUNDEN BIS ZUM START.

SCHLUCK!
Mr. Bumm-Bumm!
KEUCH!
Ich hab ja gehört, dass Schweine Allesfresser sind, aber das scheint mir übertrieben!
Nein, nicht mein Album!

SCHLUCK!
Käfer,
Helena ...

... jetzt bringen wir ein Schwein zum Quieken!

KAPITEL ELF:
SCHWEINCHEN IN DER MITTE

PFFITT!
KAPINNG!
!
TOCK!

PLOFF!
— Ach Dreck!
45 SEKUNDEN BIS ZUM START.

Neil ist *was*? Aber das ergibt keinen Sinn.
Natürlich vertraue ich dir, aber ...
BZZZZZZZZZZ
KEUCH!

BZZZZZZ
Käfer, stopp!
BZZZZ

SCHLUCK!
Neiiiiiiiin!
30 SEKUNDEN BIS ZUM START.
Na schön, Neil ...

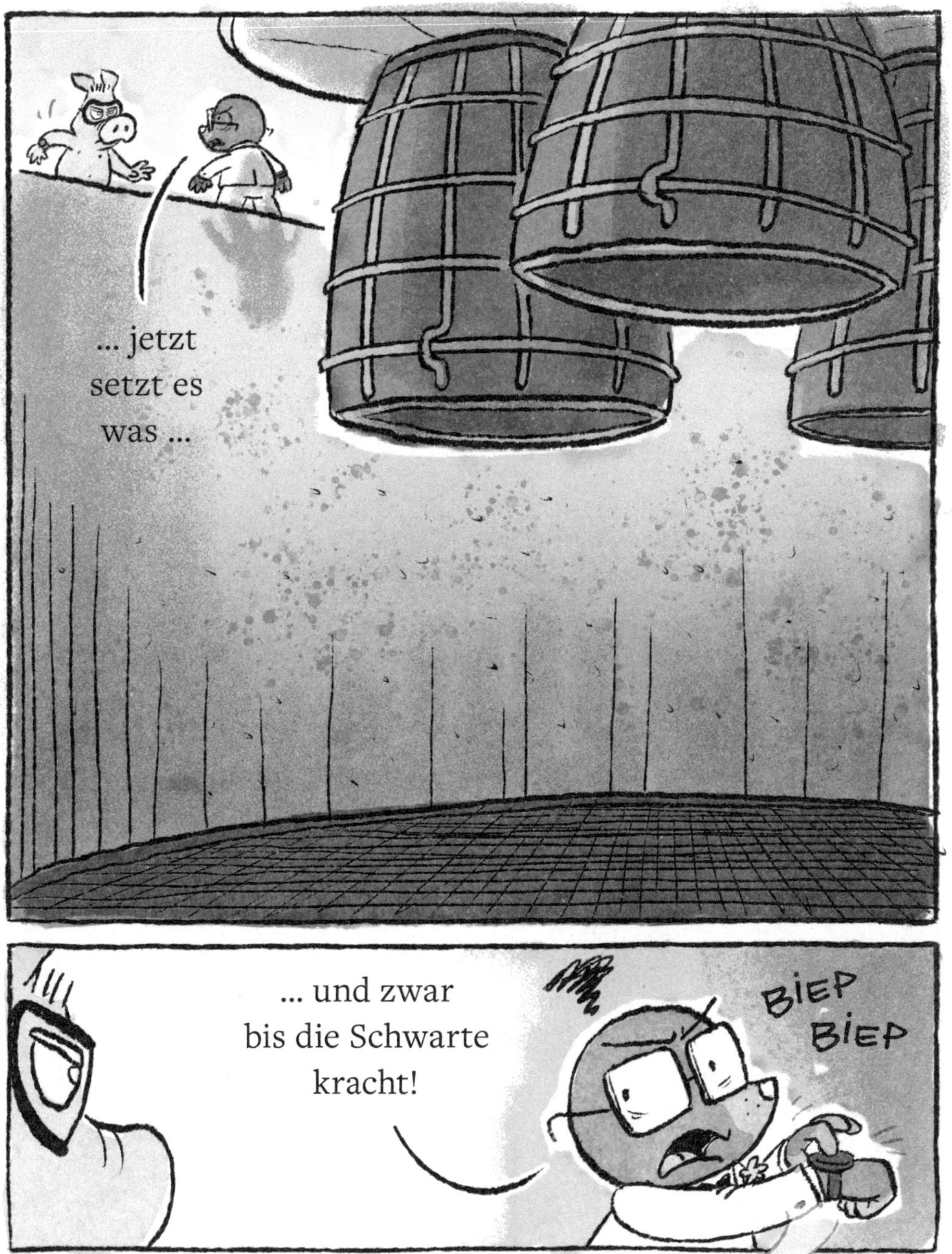
... jetzt
setzt es
was ...
... und zwar
bis die Schwarte
kracht!
BIEP
BIEP

WOOOOOOSCHH!
BRM·082

PLOFF!
KLONK!

ÄÄÄCHZ!
PLOFF!
KRACKS
!

BUMM!
Gut gemacht, Schwein ... gut gemacht.
ACHTUNG: TREIBSTOFF-LECK

MASSIVE, UNAUFHALTSAME EXPLOSION IN 20 SEKUNDEN.
SOFORT EVAKUIEREN ODER IHR WERDET ZU RÖSTFLEISCH.
Der Meteorit!
POP!
Maulwurfmobil, fang!
BRM-D82

10 SEKUNDEN …
Jetzt hilf mir bei Helena!
zZZZ
SCHWUPP!
BRM·082

5 …
WHOOOOOOOOSH!
HGNN!
ZZZ
BRM·082

4 …
PLUMPS!
ZZZ
3 …
ZZZ
2 …
SPLOSCH
1 …
WOOSCH!
ZZZ
BRM-082
ZÜNDUNG …

KA-BUMM!

BRM·082

KAPITEL ZWÖLF:
BLECHSCHADEN

Whoa, dieser Betäubungspfeil war vielleicht *stark*.
Du glaubst mir nicht, was ich grad sehe.
Na ja, ähm … die Rakete ist hochgegangen.
Nein, nicht das.
Haha. Echt irre.
Niemals.

HECHT!
KNIRSCH!
BRM
Helena, kannst du vielleicht irgendwas gegen *RoboNeil* unternehmen?
Wie, ist das Ding etwa echt?
WRUMM!
WRUMM!
WRUMM!

Okay. Ich kümmer mich drum.
Ugh. Bin immer noch leicht benommen ...
PLUMPS
WRUMM!
WRUMM!
WRUMM!
WRUMM!
WRUMM!
KA-PLOFF!
BRM · 082
PÖTT!
PÖTT!
PÖTT!

KRACH!

KEUCH!
HÜPF!
KNIRSCH!
BRM·082

PLOFF!
BZZ
FZZ
BZZ! KLANK! SURRR! KA-TSCHONK!

BUUUMMM!!
KLONG!
POLTER!
KLANG!
BRM·082

Käfer!
Jetzt halluziniere ich wirklich ...

Danke, dass du unseren Hintern gerettet hast.

KAPITEL DREIZEHN:
SUSPEKTE INSEKTEN

Agenten, was ist passiert ...?

Dr. Nackig hat Neil gar nicht das Gehirn gewaschen ... er hat ihn *ausgetauscht*.
Das war ein superstarker Roboter!
Unglaublich.

Nur eine Sache verstehe ich nicht recht. Wo ist der *echte* Neil?
Lustig, dass Sie das fragen. Wir haben ihn gefunden, gefesselt, bei sich zu Hause.
Colonel Schweinstrong? Sind Sie das wirklich?
Bitte, nennt mich Neil. Und Sie sind?

Er ist Ihr
größter Fan.
Das sind die Agenten,
von denen ich Ihnen
erzählt habe. Fox Müller
und Dana Stinky.
Wir haben, ähm, Ihren
Robo-Doppelgänger besiegt
und den Meteoriten
sichergestellt.

Dann ich bin
jetzt auch *Ihr*
größter Fan.
Reiß dich
zusammen,
„Fox“.
SEUUFZ!

UND SO ...
Colonel Schweinstrong, könnte ich wohl vielleicht Ihr Autogramm bekommen?
Natürlich! Alles für den Helden des Tages.
Haben Sie irgendwas, auf dem ich unterschreiben soll?
Tja, ich hatte ein Album ... aber das hat Ihr Doppelgänger verputzt.
Hmm. Zu dumm.
Vielleicht befinden sich im Roboter ja noch Überreste.

Was sagt
man dazu.
KRITZEL
KRITZEL
Hier,
bitte sehr.

Für meinen Helden!
Neil Schweinstrong
Ich danke Ihnen, wirklich.
War mir ein Vergnügen. Moment, Buzz soll auch unterschreiben.
Buzz, hast du kurz Zeit?

Könntest du das hier für unseren Kumpel unterzeichnen?
Aber nur zu gerne!
KRITZEL
So. Erledigt!

Na dann, bringen wir diesen Meteoriten dorthin, wo er hingehört.
Stopp!
Das ist nicht der echte Buzz – das ist auch ein Roboter von Dr. Nackig!
Äh, wie bitte, Agent?
Oh, hahaha! Guter Witz!

Das war kein Witz.
Sie haben gerade mit rechts unterschrieben ...
... aber der echte Buzz ist *Linkshänder*.
Pfff. Was?
Woher sollten Sie so was überhaupt wissen?
Wie gesagt ... ich bin ein großer Fan.

Fox hat recht.
Dieser Buzz ist ein
Hochstapler.
!

Auf
ihn!

BZZZZZZZZZZZZZZZZ
SCHNAPP!
FUCHTEL!

Nicht schlecht, „Fox“.
Hast mich fast erwischt.

Also **Plan B**!
Wie Biene!
PRATSCH!!
KNARZ!
KA-
TSCHONK!
Ich mach dann
mal die *Fliege*!

Harharharhar!
WOOOOSCHH!

KAPITEL VIERZEHN:
DER STACHEL DER NIEDERLAGE

... UND waren clever genug, um den Buzz-Roboter zu entlarven. Ist kein anderer draufgekommen.
Ich würde sagen, Sie sind ein fantastischer Agent.
Eines Tages vielleicht sogar einer der *Besten der Besten*.
Jede Wette, dass Sie Dr. Nackig fangen können.
Vielleicht sind Sie sogar der Einzige, der es kann.

Vielen Dank, Colonel.
Wenn Sie das sagen, bedeutet mir das ’ne Menge.
Ich sagte, nenn mich *Neil*.
So sagen meine Freunde zu mir.
Danke, Neil.
Fox! Das musst du sehen.
Dann mal los.

Käfer hat eine Spur in den Bilderspeichern unseres Roboters gefunden.
Toll gemacht, Käfer! Ich empfange das Bild grad auf meiner Uhr!
Das ist eine Einladung ...

Sie sind herzlich eingeladen zu
Dr. Nackigs
Weltvernichtungs-maschinen-Zündung & Kostümparty
Wo:
Mein geheimes Schurkenversteck
Starkers Castle, Backside, Schottland
Wann: in zwei Tagen.
18:30 Einlass 19:00 Beginn
Über einen kleinen Beitrag fürs Büfett würden wir uns freuen.
Fallschirme werden gestellt.
RSVP: DrNackigIsDaKing@gmail.com

Das Bild ist von gestern ... was bedeutet, wir müssen *morgen* nach Schottland.
Ihr wisst, was das heißt, Leute ...

Wir gehen auf 'ne *Party*!
GRABEN WIR'S AN!
ENDE DES ZWEITEN BUCHS
FORTSETZUNG FOLGT

UNTERDESSEN, IN DER NÄHE ...
Im Namen der Reiseleitung ...
... möchte ich mich für den Vorfall mit dem nackten Schwein entschuldigen.
Aber seien Sie versichert, dass auf unserer weiteren Tour keine weiteren Überraschungen mehr auf uns warten.
Die Wahrscheinlichkeit, dass irgendwas auch nur annähernd ähnlich Absurdes passiert, ist astronomisch winzig ...

ZACK!
OKAY, NUN IST BUCH 2 WIRKLICH ZU ENDE.

NOCH MEHR COMIC-BÜCHER

TO BE CONTINUED ...

WITZIG,
MYTHISCH,
AUSSERGE-
WÖHNLICH

JAMES FOLEY / MAX MAULWURF UNDERCOVER (BAND 1)
ISBN 978-3-96129-402-2

MICHELLE LAM / DEVIE
ISBN 978-3-96129-387-2

JOE TODD-STANTON / PROFESSOR BLAUSTEINS HÖCHST UNGEWÖHNLICHE VORFAHREN (BAND 2)
ISBN 978-3-96129-353-7

WWW.KARIBUBUECHER.DE